CRASH!
ZAP!
OK!
BOING!
OOH!
YEAH!
SHH!
POW!
BOO!
BANG!
POW!
NO!
BOOM!
AARGH!
OOPS!
HMM...
NO!
POW!
BOOM!
POOF!
HEY!
BOING!

LES JUSTICIERS DE LA JUSTICE

Scénario
Sti

Dessins & Couleurs
Stivo

BAMBOO ÉDITION

Cet album est l'aboutissement de 40 ans de geekerie et de pop culture que j'ai ingurgités.
Merci donc à tous ceux qui m'ont tant fait rêver toutes ces années…
Merci à Stivo pour les avoir mis en image exactement comme j'aurais aimé savoir le faire.
Et merci à tout le monde chez Bamboo pour leur enthousiasme envers les JJ !

Sti

Merci Sti de m'avoir embarqué avec toi dans cette chouette aventure,
des gags débiles et des super-héros bidon, on remet ça quand tu veux !
Spéciale dédicace pour Papy JJ, le grand-père Justicier de la Justice (c'est quand même plus stylé que Papy Jean-Jacques).
Et merci à Bamboo pour votre confiance et votre patience ! Vous êtes au top !

Stivo

PREMIÈRE ÉDITION - Dépôt légal : mars 2024 - ISBN : 979-1-0411-0081-1
Illustation pages de garde : Tartila - stock.adobe.com

PEFC 10-31-1800 Imprimé et relié en France par PPO Graphic, 91120 Palaiseau

COMICS - BD
PSST, REGARDEZ-MOI CES VICTIMES EN PUISSANCE...
ALORS, LES MINABLES ? VOUS ALLEZ FAIRE QUOI POUR NOUS EMPÊCHER DE VOUS TAPER ?
FAIS GAFFE, PEUT-ÊTRE QU'EN FAIT ON EST DES SUPER-HÉROS MÉGA PUISSANTS ET QUE C'EST NOUS QUI ALLONS VOUS TAPER !
AHAH ! C'ÉTAIT MARRANT !
ON REMET ÇA UNE PROCHAINE FOIS... SALUT LES SUPER ZÉROS !
LOUNA, POURQUOI TU LEUR AS DIT ÇA AUSSI ?
N'EMPÊCHE, ÇA SERAIT TROP COOL D'AVOIR DES SUPER-POUVOIRS POUR BOTTER LES FESSES DES MÉCHANTS...
SAUF QU'ON N'EST PAS DES MUTANTS, NI DES EXTRATERRESTRES !
Y A PAS FORCÉMENT BESOIN ! BATMAN OU IRON MAN, ILS ONT PAS DE POUVOIRS, JUSTE UN MAX D'ARGENT POUR SE PAYER DES ARMURES ET DES GADGETS DE OUF...
ON N'A QU'À FAIRE ÇA !
SAUF QU'ON N'A PAS UN MAX DE SOUS, ET QU'EN PLUS, CES DÉBILOS NOUS ONT VOLÉ LE PEU QU'ON AVAIT !
ATTENDEZ ! REGARDEZ CE QU'IL M'ARRIVE !
LÉO ! T'AS PERDU UNE DENT ! ILS ONT TAPÉ FORT !
OUAIS ! PAS COOL !
MAIS SI ! TRÈS TRÈS COOL ! ON VA L'AVOIR NOTRE MAX D'ARGENT !
À TOI DE JOUER, PETITE SOURIS...
UNE ARMURE EN TITANIUM ET DES PISTOLASERS À PROTONS...
AVEC TES DEUX EUROS ?
OUAIS... VOUS POURREZ GARDER LA MONNAIE !
fnouc

BON... ON N'A CLAIREMENT PAS ASSEZ DE SOUS POUR DES ARMURES BOURRÉES DE GADGETS...
... DE LA FAUTE À QUELQU'UN QUE JE NE CITERAI PAS, QUI N'A PAS PERDU LE NOMBRE DE DENTS QUI NOUS SERAIENT NÉCESSAIRES POUR ÇA...
V'Y PEUX RIEN FI LA PETITE FOURIS EST UNE PINFE !
ET ALORS QUOI ? ON VA RENONCER À DEVENIR DES HÉROS ?
BEN OUAIS...
ÉVIDEMMENT !
NON !
BEN NON...
ÉVIDEMMENT QUE NON !
IL NOUS SUFFIT D'ÊTRE PIQUÉS OU MORDUS PAR UN INSECTE OU UN ANIMAL ET HOP, ON CHOPE DES SUPER-POUVOIRS...
EUH... T'ES SÛRE ?
ÇA PARAÎT UN PEU GROS CETTE HISTOIRE...
AH OUAIS, ET SPIDERMAN, ÇA VOUS PARLE ?
VOUS PENSEZ QU'IL LES A EUS COMMENT LES SIENS ?
ALORS, QUI S'Y COLLE ?
PFF... AVEC MON ARAIGNÉE, ÇA IRAIT BEAUCOUP PLUS VITE !
ÇA PIQUE MÊME PAS, TA BESTIOLE !
ALORS, LUCAS, TU SENS QUE TU AS DES POUVOIRS QUI APPARAISSENT ?
HÉ ! LAISSEZ-LUI UN PEU DE TEMPS, UN ESCARGOT C'EST PAS HYPER RAPIDE...

LÉO ! LUCAS ! ATTENDEZ ! J'AI VÉRIFIÉ, ÇA NE PEUT PAS MARCHER COMME ÇA !
AH BON !
AH BON ?
PFIOU
CLAC
POUR QUE LA PIQÛRE DE L'ARAIGNÉE TE DONNE DES POUVOIRS, IL FAUT QU'ELLE SOIT RADIOACTIVE.
RADIOACTIVE ?! QUELQU'UN A DE L'URANIUM ?
NON, MAIS J'AI MIEUX À VOUS PROPOSER !
UN MICRO-ONDES ? C'EST RADIOACTIF, ÇA ?
LA RADIO, C'EST DES ONDES !
CULTIVE-TOI UN PEU, MON VIEUX...
ET VOUS PENSEZ QU'IL FAUT LA LAISSER COMBIEN DE TEMPS LÀ-DEDANS POUR QU'ELLE FONCTIONNE ?...
DZZZZ...
DZZZZ...
SPROTCH
LAISSEZ-MOI VÉRIFIER, MAIS JE SUIS QUASI SÛRE QUE C'EST COMME ÇA QUE HULK A EU SES POUVOIRS...

ON PEUT TOUT À FAIT ÊTRE DES HÉROS SANS RAYONS LASERS, LES GARS...
RENDRE LA JUSTICE DANS LES RUES GRÂCE AUX ARTS MARTIAUX !
AYA! AYA!
WOUH!
WOUH!
WOUH!
MÊME EN PEIGNOIR ROSE ?
HÉ, C'EST PAS DE MA FAUTE SI J'AI PAS DE KIMONO !
BIEN... PREMIÈRE LEÇON DE SUPER NINJA... LUCAS, EN PLACE S'IL TE PLAÎT...
HADOKEN !
REGARDE-MOI CETTE BRIQUE... TU VAS FRAPPER DE TOUTES TES FORCES DESSUS !
OK, OK, OK, ALLONS-Y !
TU CONCENTRES TOUTE TON ÉNERGIE, ET TU ME CASSES TOUT ÇA EN MILLE MORCEAUX !
YAAAH
JE SUIS UN SUPER NINJA !

MES CHERS FUTURS SUPER-HÉROS, VOUS VOUS DOUTEZ BIEN QUE NOS MODÈLES NE SE BALADENT PAS À PIED NI À TROTTINETTE POUR ALLER SAUVER LA PLANÈTE...
ET DONC ÇA, LOUNA, C'EST LES PLANS D'UN GENRE DE BATMOBILE ?
HÉ HO ! J'AI 9 ANS, MONSIEUR L'INGÉNIEUR ! JE FAIS CE QUE JE PEUX !
SUPERMOBILE
BON, D'UN AUTRE CÔTÉ, ON PEUT PAS DIRE QUE LA RÉALISATION SOIT PAS FIDÈLE AU PLAN...
HA !
SUPERMOBILE
PFF... POURQUOI JE DOIS POUSSER ? J'AI JAMAIS ENTENDU DIRE QUE BATMAN DEVAIT POUSSER SA VOITURE POUR LA FAIRE DÉMARRER !
NORMAL, IL A UN MAJORDOME QUI LE FAIT POUR LUI !
SUPERMOBILE
CROUIC CROUIC CROUIC
C'EST PARTIIIIII !
SUPERMOBILE
LUCAS, T'AS PENSÉ À ACCROCHER TA CEINTURE DE SÉCURITÉ ?
MA CEINTURE ? QUELLE CEINTURE ?!
SUPERMOBILE
OK, ON SE DÉPLACERA À TROTTINETTE SI VOUS VOULEZ, MAIS C'EST FRANCHEMENT DOMMAGE : ON TIENT LE MOYEN PAS CHER POUR SE FAIRE FABRIQUER UNE ARMURE À LA IRON MAN !

BON, ON VA CHANGER D'APPROCHE ET ARRÊTER DE VOULOIR DES ARMURES ET DES VÉHICULES ULTRA-PUISSANTS...
OUAIS, SI ON POUVAIT PASSER À DES TRUCS MOINS DANGEREUX... ÇA FERAIT PLAISIR À LA MUTUELLE DE MES PARENTS...
VOILÀ SUR QUOI ON VA SE CONCENTRER ! Y A DES TAS DE SUPER-HÉROS QUI LES UTILISENT !
AU MOINS, ÇA COÛTE PAS DES MILLIARDS...
ET C'EST PAS DU TOUT DANGEREUX EN PLUS !
ON VA COMMENCER PAR UN TRUC SIMPLE : UNE BÊTE CIBLE...
ON PEUT PAS METTRE UNE POMME SUR LA TÊTE DE LUCAS ?
T'ES MALADE !
ET PIS D'ABORD C'EST MOI QUI TIRE !!!
IL FAUT QUE TU SENTES L'ARC COMME LE PROLONGEMENT DE TON BRAS...
AAAH D'ACCORD...
BRAVO ! EN T'ENTRAÎNANT ENCORE UN TOUT PETIT PEU, TU SERAS AUSSI DOUÉ QU'ARROW OU HAWKEYE...
OH ? TU LE PENSES VRAIMENT ?
NON...

VOUS LE SAVEZ PEUT-ÊTRE PAS, MAIS DES EXTRATERRESTRES ONT DÉBARQUÉ SUR TERRE POUR EN PRENDRE LE CONTRÔLE ET C'EST NOTRE RÔLE EN TANT QUE FUTURS SUPER-HÉROS DE LES DÉBUSQUER !
AH OUAIS OUAIS, JE CONNAIS ! C'EST DES GENRES DE LÉZARDS, ILS SONT TOUT VERTS ET SONT DÉGUISÉS EN HUMAINS !
IL PARAÎT QUE LES PRÉSIDENTS EN SONT ! ON LES APPELLE LES REPTILIENS !
LES REPTILIENS C'EST DE LA GNOGNOTE ! Y A UNE MENACE BIEN PIRE : LES CAMÉLÉONIENS !!!
OH, C'EST PAS VRAI ?!
MON DIEU !!!
MAIS COMMENT ON VA LES RECONNAÎTRE S'ILS SONT DÉGUISÉS EN "MONSIEUR TOUT LE MONDE" ?
FACILE, ILS ONT DE TRÈS GRANDES LANGUES !
SI TU ARRIVES À TOUCHER LE BOUT DE TON NEZ AVEC TA LANGUE, T'EN ES UN !
C'EST DINGUE !
J'Y ARRIVE PAS ! JE SUIS PAS UNE CAMÉLÉONIENNE !
OUF ! MOI NON PLUS !
OH, ZUT !
ARRÊTEZ, JE VOUS JURE QUE J'EN SUIS PAS UN !
Y A QU'UN MOYEN D'EN ÊTRE VRAIMENT SÛRS !
ALLEZ LÉO, TU LA MANGES !
ET SI TU TROUVES ÇA BON, ON VA DEVOIR S'OCCUPER DE TON CAS !
ON N'AURAIT PAS PU ÊTRE ENVAHIS PAR DES HAMBURGERIENS ?...
BZZZ

HMM... LES NINJAS SONT VRAIMENT TROP FORTS...
OUAIS, CARRÉMENT !
ET REGARDE COMMENT ILS MANIENT LES SHURIKENS, LES ÉTOILES DE NINJA !
TCHAC
TCHAC
TCHAC
TCHAC
BEN, ON EN A !
NON LUCAS, ÇA C'EST PAS DES SHURIKENS, C'EST DES HANDSPINNERS...
WOUCH
WOUCH
LE PLUS GÉNIAL, C'EST QUAND ILS DISPARAISSENT APRÈS LEUR MISSION, DANS UNE EXPLOSION DE FUMÉE...
JE ME DEMANDE COMMENT ILS FONT CE TRUC...
DISPARITION NINJAAAAA !!!
SHPOF
TIENS, TU PEUX DÉJÀ NOTER : ILS UTILISENT PAS DE LA FARINE...

MES PARENTS VONT PÉTER UN CÂBLE ! ILS VIENNENT DE SHAMPOUINER LE CANAPÉ ET LA MOQUETTE !
PAS DE STRESS, LUCAS ON VA TOUT ASPIRER !
IL EST OÙ TON ASPIRATEUR ?
WAOUH, C'EST LE NOUVEAU BYSON À TURBO-ASPIRATION CYCLONIQUE !
LA VACHE !
QUELLE PUISSANCE !
VOUS IMAGINEZ SI À LA PLACE D'ASPIRER, IL SOUFFLAIT ? ÇA FERAIT UN JET-PACK POUR VOLER AU SECOURS DES OPPRIMÉS !
WOOOOOOO
BEN, ÇA PEUT S'ARRANGER, IL SUFFIT D'INVERSER LE SENS DU VENTILATEUR. JE PEUX LE FAIRE SI VOUS VOULEZ...
T'ES PRÊT ?
EUH... ON DEVRAIT PAS FAIRE LE TEST EN EXTÉRIEUR ? J'AI PAS ENVIE DE ME FRACASSER AU PLAFOND !
GO !
VVVVVVVVV
TIENS, TU PEUX AUSSI NOTER : VIDER LES SALETÉS DE L'ASPIRATEUR AVANT DE VOLER AU SECOURS DES OPPRIMÉS...

BLONK
BON SANG, OÙ EST-CE QUE MON PÈRE L'A RANGÉ ?
BLING
CLANG
FOUILLE
FOUILLE
AH, ÇA Y EST ! JE L'AI TROUVÉ !
YES ! LÉO, JE PEUX AVOIR LE MARTEAU DE LA JUSTICE ?
BEN NON, C'EST MOI QUI AI LE COSTUME D'ASGARDIEN !
TU PARLES ! TON CASQUE, IL VIENT DU PARC ASTÉRIX, ET LA CAPE, C'EST UN DESSUS-DE-LIT !
Y A MÊME UN MOTIF "CARS" DESSUS !
JE PRENDS LE MARTEAU...
PFFF...
PRÊTS POUR LA DÉMONSTRATION ?
OUI !
MOUAIS...
QUE TRÉPASSE SI JE FAIBLIS !!!
YAAAAAAH
OUPS ! DÉSOLÉ... À MON AVIS, CELUI DE THOR A UNE VISÉE AUTOMATIQUE...
ET PUIS LE MARTEAU DE LA JUSTICE NE FRAPPE QUE LES MÉCHANTS...
ET CE CLOU N'AVAIT RIEN FAIT DE MAL...

ENCORE UNE FOIS, ÇA N'A PAS MARCHÉ PARCE QU'ON A FAIT LES CHOSES À MOITIÉ...
SLAP
SLAP
SLAP
LE MARTEAU DE THOR, IL CONTIENT DE LA FOUDRE, C'EST ÇA QUI EN FAIT UNE ARME SURPUISSANTE.
IL CONTIENT DE LA FOUDRE LE TIEN ?
BEN NON, ON L'A EU CHEZ MASTORAMA...
THOR
HEUREUSEMENT, Y EN A UNE QUI RÉFLÉCHIT, ET QUI SAIT COMMENT ARRANGER ÇA...
AH BON, QUI ÇA ?
MAIS MOI, ENFIN ! REGARDEZ DEHORS, DES GROS NUAGES TOUT NOIRS !
HOULA, OUI ! ON VA SE PRENDRE UNE BONNE AVERSE !
TU AS COMPRIS ? TU RESTES LÀ ET TU BRANDIS TON MARTEAU.
COMME IL EST EN MÉTAL, UN ÉCLAIR TOMBE DESSUS, ET PAF ! ON A UN MARTEAU MAGIQUE !
IL PLEUT SACRÉMENT, HEIN ?
J'ENTENDS PAS LE TONNERRE DU TOUT. À MON AVIS, IL VA PAS Y AVOIR D'ORAGE...
MAIS RESTE PAS LÀ !
MANQUERAIT PLUS QUE TON PARAPLUIE REÇOIVE LA FOUDRE !!!
T'AS DÉJÀ VU MARY POPPINS RENDRE LA JUSTICE ?!
MAIS POURQUOI JE TRAÎNE PAS AVEC DES JOUEURS DE CONSOLE, MOI ?...

ON A TOUT ESSAYÉ ! BATMAN, SPIDERMAN, HULK, THOR... PAS MOYEN D'OBTENIR LES MÊMES POUVOIRS !
ON VA RESTER DES LOSERS...
NON MAIS ON NE VA PAS ABANDONNER SI VITE ! ON EST LOIN D'AVOIR TOUT ESSAYÉ !
BAM!
IL RESTE DES CENTAINES DE COMICS À LA BOUTIQUE DE BD ! TOUT UN TAS DE SUPER-HÉROS QU'ON N'A PAS ENCORE ÉTUDIÉS !
TAP TAP
NON MAIS LOUNA QUI SERAIT ASSEZ FOU POUR RETOURNER LÀ-BAS ?!
VOUS AVEZ OUBLIÉ LES BRUTES QUI TRAÎNENT À CÔTÉ ET QUI ADORENT NOUS BOLOSSER ?
BEN, TIRONS À LA COURTE PAILLE...
DINGUELING
LA BULLE DU CENTRE
MAIS POURQUOI IL FAUT TOUJOURS QUE JE L'OUVRE, MOI ?...
BON ALORS, QU'EST-CE QUE JE VAIS LEUR RAMENER DE BEAU ?...
BD
JE ME DEMANDE CE QU'IL VA NOUS RAMENER DE BEAU... MISS HULK ? CATWOMAN ?
CAPTAIN AMERICA ?
OU ALORS, LES 4 FANTASTIQUES... TU SAIS, AVEC "LA CHOSE" ET "L'HOMME ÉLASTIQUE" !
AH OUI, C'EST ÇA, T'AS TROUVÉ !
GNNNN...
ENFIN, PLUS PRÉCISÉMENT, "L'HOMME ÉLASTIQUE DE SLIP".

BON LÉO... ON TE LAISSE CHOISIR QUI TU VOUDRAIS ÊTRE PARMI LES 4 FANTASTIQUES...
TU CONNAIS ?
EUH... OUI, JE CROIS...
Y A GRIFFON-MAN, SERPENT-MAN, AIGLE-MAN...
ALORS, TU AS "MR FANTASTIQUE". SON POUVOIR, C'EST D'ALLONGER SES MEMBRES.
NON, MAIS SI JE FAIS ÇA, ÇA VA AGRANDIR MES FRINGUES ET MA MÈRE VA ME TUER !
ON A AUSSI LA "FEMME INVISIBLE"...
NON MERCI ! JE SUIS DÉJÀ INVISIBLE POUR TOUTES LES FILLES DE L'ÉCOLE, ET C'EST ASSEZ PÉNIBLE...
"LA CHOSE", C'EST BIEN, "LA CHOSE", NON ?
AH NON NON NON, QUAND J'AI UNE CROÛTE, JE PEUX PAS M'EMPÊCHER DE LA GRATTER. ALORS LÀ, T'IMAGINES ?
BON... BEN, IL RESTE QUE LA "TORCHE HUMAINE"...
C'EST QUOI SON POUVOIR ?
ALLEZ, C'EST PARTI !
OUI, TOI, T'ES LA "LAMPE TORCHE HUMAINE". ON EST AU 21E SIÈCLE TOUT DE MÊME...
J'AVOUE QUE, L'ESPACE D'UN INSTANT, J'AI EU PEUR...

DAREDEVIL, VOUS CONNAISSEZ ?
JE CONNAIS D'ARTAGNAN, ILS SONT COUSINS ?
C'EST DE LUI QU'ON VA S'INSPIRER POUR FAIRE DE TOI UN SUPER-HÉROS LÉO...
ENCORE MOI ?
DAREDEVIL
VOUS VOUS RESSEMBLEZ ! MÊME S'IL EST AVEUGLE, IL REND LA JUSTICE COMME AVOCAT LE JOUR ET DÉGUISÉ LA NUIT !
BEN, JE SUIS PAS AVOCAT !
JE SAIS, BANANE !
LE TRUC, C'EST QU'IL EST AVEUGLE, ET TOI AUSSI, SANS TES LUNETTES, TU VOIS RIEN !
ET ÇA FAIT DE MOI UN SUPER-HÉROS ?
OUAIS ! TAUPE-MAN !
COMME IL VOYAIT PAS, IL A DÉVELOPPÉ À FOND SES AUTRES SENS, ET C'EST ÇA QU'IL L'A RENDU SUPER FORT ! BALADE-TOI COMME ÇA DANS LA RUE ET TU VAS AMÉLIORER TON OUÏE, TON ODORAT ET TOUT LE RESTE...
AAAH, D'ACCORD !
RESSENS L'ENVIRONNEMENT QUI T'ENTOURE !
POUR LE MOMENT, JE RESSENS PAS GRAND CHOSE...
AAAAH SI, ÇA Y EST !
POUET
HÉ BEH ! TU VAS DEVOIR GARDER LES YEUX FERMÉS QUELQUES JOURS !
GÉNIAL, IL VA POUVOIR CONTINUER L'ENTRAÎNEMENT !

MÂCHE
SCRONCH
MÂCHE
GLOUPS
ALLEZ, ENCORE !
VOUS BOSSEZ SUR NOTRE PROJET DE SUPER-HÉROS, LÀ ?
OUAIS !
JE REMPLIS LUCAS D'ÉPINARDS, C'EST CONNU, ÇA VA LE RENDRE ULTRA-FORT !
J'EN CHUIS À MA TROIJIÈME BOITE !
SAUF QUE ÇA, C'EST PAS DES ÉPINARDS, C'EST DES CHOUX DE BRUXELLES !
OH ?
CHOUX DE BRUXELLES
GRMBLMBLM...
GNNNN...
WOH ! ÇA L'A RENDU SUPER RAPIDE !
CHOUX DE BRUXELLES MAAAN !
PROUT
PROUT
PROUT

BEUH ? QU'EST-CE QUE TU FAIS LOUNA ?!
J'ESSAIE DE PERCER LES SECRETS D'ANT-MAN.
AH OUI, L'HOMME-FOURMI ! CELUI QUI A LE POUVOIR DE SE RÉTRÉCIR À LEUR TAILLE !
BAH, JE LE CONNAIS, LE SECRET ! MES HABITS SONT TOUJOURS RÉTRÉCIS QUAND MON PÈRE FAIT LA LESSIVE...
IL SUFFIT DE TE LAVER À 50 DEGRÉS !
EN FAIT, C'EST L'AUTRE POUVOIR D'ANT-MAN QUE J'ÉTUDIE.
IL SAIT COMMUNIQUER AVEC LES FOURMIS.
DU COUP, J'ESSAIE DE CAPTER CE QU'ELLES SONT EN TRAIN DE SE DIRE...
AH BEN, MOI JE SAIS !
"AU SECOURS ! JE SUIS EN TRAIN DE CRAMER !"
OUPS !

BON, ON N'A PAS ENCORE RÉUSSI À TROUVER UNE ARAIGNÉE RADIOACTIVE POUR TE TRANSFORMER EN SPIDERMAN, MAIS ÇA VA PAS NOUS ARRÊTER.
LA JUSTICE A BESOIN DE NOUS !
ET QUEL EST LE PLUS GRAND POUVOIR DE SPIDERMAN ?
S'ACCROCHER AUX MURS ET AUX PLAFONDS !
EXACT ! LES ARAIGNÉES ONT UN TAS DE PETITS POILS SUR LE BOUT DES PATTES, C'EST ÇA QUI LEUR PERMET DE COLLER À N'IMPORTE QUELLE SURFACE, MÊME À L'ENVERS.
SEULEMENT, J'AI PAS LES POUVOIRS DES ARAIGNÉES.
POILS
ENCORE EXACT ! HEUREUSEMENT ON A À DISPOSITION LE GÉNIE HUMAIN !
ROULE ROULE
DANS 2 MINUTES, TU VAS POUVOIR ALLER CHANGER UNE AMPOULE SANS MÊME UNE ÉCHELLE !
QU'EST-CE QUE TU ME METS SUR LES DOIGTS ?
SPRITCH
FRITCH
BEN, DE LA SUPER GLUE, C'EST ULTRA-ADHÉRENT !
DE LA SUPER GLUE ?!
MAIS VOUS ÊTES MALADES, MA PAROLE !!!
LE PREMIER QUI FAIT UNE COMPARAISON AVEC LES PATTES DES ARAIGNÉES, JE LUI TISSE DESSUS !

NON MAIS LES GAULOIS, C'EST PAS DES SUPER-HÉROS, ILS ONT MÊME PAS DE CAPE !
LA POTION MAGIQUE, ÇA LES REND ULTRA-FORTS, TOUS LES HISTORIENS TE LE DIRONT !
ON POURRAIT AU MOINS ENLEVER LES FAUSSES MOUSTACHES, ÇA GRATTE !
PASSE-MOI LA SALSEPAREILLE.
T'ES SÛRE DES INGRÉDIENTS LOUNA ?
EUH... ÇA, C'EST DU LAURIER...
TU L'AS COUPÉ AVEC UNE SERPE DE DRUIDE ?
AVEC LES CISEAUX DE MON PAPY, MAIS C'EST BON, IL A UNE GRANDE BARBE.
C'EST PRÊT ! QUI GOÛTE EN PREMIER ?
TOI !
TOI !
SLUUUUURP
FRANCHEMENT... C'EST UN RÉGAL.
QUI EN VEUT ?
DES BURGERS MAGIQUES AU SANGLIER ET À LA SALSEPAREILLE ?
EUH... ATTENDEZ, JE VAIS DEMANDER À MON RESPONSABLE.

PETIT RAPPEL DE L'ORDRE DU JOUR : LES AVENGERS ET LES 4 FANTASTIQUES SONT DEVENUS COMPLÈTEMENT RINGARDS...
on est des gros nuls !
on est cool !
LA NOUVELLE ÉQUIPE À LA MODE, C'EST LES GARDIENS DE LA GALAXIE !
C'EST D'EUX QU'ON DOIT S'INSPIRER.
SEULEMENT, NOUS, ON N'EST QUE TROIS. IL NOUS MANQUE L'HOMME-ARBRE ET LE RATON LAVEUR.
ET C'EST LÀ QU'ON INTERVIENT, LUCAS ET MOI.
JE TE PRÉSENTE JEAN-FICUS !
ET MOI, J'AI UN RATON LAVEUR, IL S'APPELLE, EUH... JEAN-RATON !
NON, MAIS TU RIGOLES ?! TU ME PIQUES MON IDÉE DE NOM !
QUOI ? ÇA N'A RIEN À VOIR.
ET EN PLUS, C'EST MÊME PAS UN RATON LAVEUR !
N'IMPORTE QUOI, L'AUTRE ! GROS JALOUX !
C'EST PAS UN RATON LAVEUR !
SI, C'EN EST UN !
PROOOUT
KRR KR...
OK, C'EST PAS UN RATON LAVEUR.
IL EST QUAND MÊME EMBAUCHÉ, JEAN-PUTOIS !

QU'EST-CE QUE VOUS FABRIQUEZ, LES GARÇONS ?
LUCAS EST SCOTCHÉ DEVANT SON ÉCRAN DEPUIS UNE HEURE À REGARDER TOKTOK SANS BOUGER.
ET TOI ?
TU SAIS LE QUOTIDIEN DES SUPER-HÉROS, C'EST LA BAGARRE CONTRE LES SUPER-VILAINS...
OUI, YAAAH !
SAUF QUE MOI, J'AI DES LUNETTES ET QUE SI JE LES CASSE PENDANT UN COMBAT ACHARNÉ, C'EST MA MÈRE QUI VA FAIRE YAAAH !
J'AVAIS PAS PENSÉ À CE DÉTAIL.
DU COUP, JE M'ENTRAÎNE À CONTRÔLER LES ESPRITS, COMME ÇA, JE POURRAI VOUS AIDER À DISTANCE.
ET ÇA MARCHE ?
BEN LÀ, J'ESSAIE D'ORDONNER À JEAN-PROUT DE FAIRE LE BEAU.
GNNNN
PWOOOO
QUOI LÉO ? ÇA FAIT PLUS D'UNE HEURE QU'IL FIXE SA TABLETTE SANS RÉFLÉCHIR, IL PENSE À DU VENT !
C'EST ÉVIDENT QUE C'EST LUI PSYCHOBOY !!!

ALORS, VOUS VOULEZ TOUJOURS ÊTRE DES JUSTICIERS ?
OUAIS !
DES JUSTICIERS DE LA JUSTICE !
POUR ÇA, IL NOUS FAUT DU CHARISME.
J'AI UN STRABISME, C'EST PAREIL ?
NON, IL FAUT QU'ON IMPRESSIONNE LES GENS.
POUR QUE LES DÉBILOS QUI AGRESSENT LES GENTILS LECTEURS DE BD FLIPPENT RIEN QU'EN NOUS VOYANT.
COMME ÇA, ILS OSERONT PLUS COMMETTRE DE MÉFAITS.
ET ON N'AURA MÊME PLUS BESOIN DE SE BATTRE POUR RÉTABLIR L'ORDRE.
ÇA TOMBE BIEN VU QU'ON NE SAIT PAS SE BATTRE.
BON, Y A QUI COMME MODÈLE DE CHARISME AU NIVEAU DES SUPER-HÉROS ?
WOLVERINE ÉVIDEMMENT ! AVEC SES GRIFFES QUI LUI SORTENT DES MAINS, IL FOUT TROP LA TROUILLE !
DOMMAGE QU'ON N'EN AIT PAS.
ON PASSE CHEZ MOI, ET ÇA PEUT S'ARRANGER...
J'Y PEUX RIEN, MA MÈRE A PAS VOULU QUE JE PRENNE DES COUTEAUX !
LÀ, C'EST SÛR, Y A PAS UN POT DE YAOURT À LA RONDE QUI VA CHERCHER LES EMBROUILLES.

ALORS, IL EST CLASSE ?
HEIN ?
HEIN ?
TU TE PRENDS POUR ZORRO AVEC TON LASSO ?
REMARQUE, ZORRO A UNE CAPE ET UN MASQUE, C'EST PRESQUE UN SUPER-HÉROS...
MAIS NON, RIEN À VOIR !
MOI, JE M'INSPIRE DE WONDER WOMAN !
APPELEZ-MOI WONDER BOY !
OUI, SAUF QUE LE LASSO DE WONDER WOMAN EST MAGIQUE, PARCE QU'ELLE EST AMAZONE.
BEN, IL SE TROUVE QUE MA MÈRE ME L'A COMMANDÉ CHEZ EUX...
OH ? DU COUP, LE TIEN EST MAGIQUE AUSSI ?
CELUI DE WONDER WOMAN OBLIGE CEUX QU'ELLE CAPTURE À DIRE LA VÉRITÉ.
FAUT ESSAYER !!!
C'EST PARTI !
PFIOU ! C'EST PAS FACILE !
ATTENDEZ UN PEU...
HOULA !
LOUNA, C'EST MAINTENANT QU'ON DOIT LUI DIRE LA VÉRITÉ ?
OUI !
LÉO, TU RESSEMBLES À UN GROS RÔTI !

HÉ, LOUNA, T'AS VU, J'APPRENDS À JEAN-PROUT À FAIRE DE LA CUISINE.
...
COMME DANS "RATATOUILLE" !
...
MAIS D'OÙ T'AS VU QUE C'EST UN FILM DE SUPER-HÉROS !
ET DU COUP, TU VEUX QU'ON T'APPELLE SOUPE-ERMAN ?
ARF ARF !
AU MOINS, LUCAS FAIT PAS DES RECETTES DÉBILES.
IL A BOSSÉ TOUTE LA SEMAINE SUR UN VRAI TRUC SCIENTIFIQUE : DES LANCE-TOILES COMME SPIDER-MAN !
ALLEZ, HOP ! FAIS-MOI UNE SPIDER-DÉMONSTRATION.
SPROOTCH
MAIS... C'EST DE LA CHANTILLY !
BEN OUI, OÙ EST-CE QUE TU VEUX QUE JE TROUVE DE LA TOILE D'ARAIGNÉE EN BOMBE ?!
DE LA CHANTILLY !
J'EXIGE DES EXCUSES !!!

ACCÉLÈRE, LUCAS !
ACCÉLÈÈÈÈÈRE !!!
PFF PFF
TU CROIS VRAIMENT QU'IL PEUT COURIR AUSSI VITE QUE "FLASH" ?
BEN, EN S'ENTRAÎNANT BIEN, POURQUOI PAS ?
ALLEZ, PLUS VITE ! PLUS VITE !
GNNN
DIS, LOUNA, JE ME POSE UNE QUESTION... "FLASH", C'EST DÉJÀ PRIS COMME NOM. DU COUP, LUCAS POURRA PAS S'APPELER "FLASH" ?
BEN NON.
ENCORE UN TOUR !
RAAH !
DU COUP, VA FALLOIR LUI TROUVER UN AUTRE NOM DE SUPER-HÉROS.
T'AS TOUT COMPRIS, LÉO : UN NOM, MAIS PAS "FLASH".
"FLAQUE" !
KRR KRR
KRR

LUCAS ! QUESTION : QU'EST-CE QUI TE FAIT LE PLUS FLIPPER SUR TERRE ?
MA TANTE FATOU, SANS HÉSITATION.
LES NINJAS !
AH OUI, AUSSI.
WOOSH
DEUXIÈME QUESTION: QU'EST-CE QUI TE FAIT PRESQUE AUTANT FLIPPER QUE LES NINJAS ?
BEN LÀ, C'EST ÉVIDENT QUE C'EST MA TANTE !
LES CLOWNS !
TOUT LE MONDE A PEUR DES CLOWNS !
BRRR... JE DÉTESTE ÇA !
MAIS POURQUOI TU ME DEMANDES TOUS CES TRUCS, LOUNA ?
LAISSE-MOI TE PRÉSENTER LE SUPER-HÉROS QUI VA TERRORISER LES DÉBILOS QUI NOUS MARTYRISENT !
LE NINJA-CLOWN !
AAAH !
AYAAAAAH
IL FOUT VRAIMENT LES BOULES, C'EST VRAI !
PAR CONTRE, IL FAUT PEUT-ÊTRE REVOIR LE CONCEPT AU NIVEAU DES ARMES...
POUIC POUIC
IRON MAN

LES AMIS, GRÂCE À CECI, C'EST OFFICIEL...
JE SUIS UN SUPER-HÉROS !!!
HAAN, TERRIBLE LE BOUCLIER, LÉO !
IL EST EN VIBRANIUM ?
EUH, NON, IL EST EN PLASTIQIUM.
MADE IN CHINA.
BONK BONK
T'AS PLUS QU'À LE BALANCER SUR LES DÉBILOS.
HOULA ! FAUT D'ABORD QUE JE M'ENTRAÎNE.
JE VOUDRAIS PAS BLESSER UN INNOCENT.
BAH VAS-Y, DANS LE JARDIN, TU RISQUES PAS DE FAIRE DE DOMMAGES COLLATÉRAUX.
OK, OK.
HAN !
WOUSH
SHTOK
C'EST OFFICIEL, JE SUIS UN SUPER-VILAIN !
ÇA SE TROUVE, IL S'APPRÊTAIT À FAIRE CACA SUR LES VOITURES DU QUARTIER.
Roouuu

WAOUH ! ON EST HAUT QUAND MÊME !
BEN, FAUT CE QU'IL FAUT POUR TESTER TON TOUT NOUVEL ÉQUIPEMENT DE SUPER-HÉROS !
CAR TU VAS DEVENIR RAPACE-MAN !
LE SUPER-HÉROS VOLANT, À LA VISION PERÇANTE, COMME L'AIGLE, LE PYGARGUE...
... OU LA BUSE.
ARF !
VISION PERÇANTE ?
C'EST PAS CE QUE DIT MON OPHTALMO !
J'AI PASSÉ TOUT MON MERCREDI À REPRODUIRE À L'IDENTIQUE LES AILES D'UN AIGLE ROYAL.
J'AI FLINGUÉ TOUS LES OREILLERS DE LA MAISON.
IMPRESSIONNANT !
ALLEZ LÉO, VAS-Y, ENVOLE-TOI VERS L'INFINI ET AU-DELÀ !
PFFFIOOOUU !
YAAAAH
SHBAM
EUH... C'EST MOI OU IL S'EST ÉCRASÉ PAR TERRE ?
NOOON, C'EST RAPACE-MAN, IL A DÛ FONDRE SUR UNE PROIE !
OUF, ME VOILÀ RASSURÉ.

ÇA VA, LÉO ?
IL EST NUL FE COFTUME DE RAPAFE-MAN !
HOULA ! J'AI L'IMPRESSION QUE T'A ENCORE PERDU UNE DENT...
AH NON !
TROIS CE COUP-CI !
QUOI ?!
PFFFUUIIIIII
MA MÈRE VA ÊTRE ENCORE FUPER VÉNÈRE !
PFFUUUIII
AH, C'EST MARRANT AVEC TES TROUS DANS LA BOUCHE, QUAND TU SOUFFLES, ÇA SIFFLE ET ÇA ATTIRE LES OISEAUX COMME UN APPEAU !
MAIS F'EST VRAI !
TU... TU ES VRAIMENT DEVENU RAPACE-MAN !
PFFIIIUUUIIIIUUIII!
BON, C'EST DOMMAGE, C'EST UN PEU NUL COMME POUVOIR.
OUAIS...
PFFIIIUUUUII
FLAP FLAP
PFFFIIIUUU
FLAP
FLAP
FLAP
VOUS RIGOLEZ ?!
F'EST LE FUPER POUVOIR LE PLUS VÉNIAL DU MONDE !

LES AMIS ! LES AMIS !
C'EST UN TRUC DE FOU !!!
MA MÈRE NOUS A FAIT DES COSTUMES DE SUPER-HÉROS !!!
QUOI ? MAIS ON N'A MÊME PAS ENCORE NOS POUVOIRS !
OUI, POUR LES COSTUMES, C'EST UN PEU TÔT.
TU VEUX DIRE SUPER TÔT !
ET FIGUREZ-VOUS QUE J'AI AUSSI TROUVÉ LE NOM DE NOTRE ÉQUIPE...
LES K.O. KIDS !!!
WAAAH, QUEL NOM GÉNIAL !
MÉGA-GÉNIAL ! ALLEZ LÉO, PASSE LES COSTUMES, ON LES ESSAIE !
K.O. KIIIDS !!!
EN FAIT, LE NOM EST NUL.
MÉGA GIGA NUL.

C'EST BON, LA VOIE EST LIBRE !
PAS DE GROS DÉBILOS POUR NOUS TAPER.
ON FONCE !!!
AH AH ! JE VAIS ENFIN POUVOIR LIRE LE DERNIER X-MEN !
LÉO, T'AS CHOISI QUOI, TOI ?
UN TRUC COMPLÈTEMENT DINGUE ! AVEC UN HÉROS QUI NOUS RESSEMBLE.
SHAZAM!
C'EST UN GAMIN UN PEU NAZE, COMME NOUS.
QUI DEVIENT UN SUPER-HÉROS, COMME NOUS.
OUI, ENFIN, C'EST PAS FAIT...
ET QUAND IL CRIE "SHAZAM !", IL SE RETROUVE EN COSTUME, COMME NOUS !
BEN NON, PAS COMME NOUS !
DEPUIS QUAND TU FAIS APPARAÎTRE TON COSTUME EN CRIANT, TOI ?
MAMAAAAAN !!!
IL EST OÙ MON COSTUME DE SUPER-HÉROS ?!

ÇA Y EST, NOTRE PREMIÈRE MISSION !
ÇA FAIT QUELQUE CHOSE D'ENFILER LE COSTUME, HEIN ?...
CARRÉMENT !
DIS, LOUNA, LE MASQUE EST OBLIGATOIRE ?
TU N'AS DONC RIEN RETENU DE TOUS LES COMICS QUE TU AS LUS ?
GARDER NOTRE IDENTITÉ SECRÈTE, C'EST LA BASE.
LES JUSTICIERS DE LA JUSTICE ARRIVENT EN VILLE, PLANQUEZ-VOUS, LES BANDITS !
BON, ON FAIT QUOI ?
COMME TOUS LES SUPER-HÉROS DIGNES DE CE NOM, ON ARPENTE LES RUES EN QUÊTE D'UNE BONNE ACTION.
SHBUM
ON AIDE CETTE MAMIE À TRAVERSER ?
WAH NON, JE LA CONNAIS, ELLE VA NOUS TENIR LA JAMBE PENDANT DES HEURES ! ELLE FAIT ÇA TOUT LE TEMPS.
ON N'A QU'À RAMASSER LE PAPIER GRAS ET LE METTRE À LA POUBELLE.
ET SALIR NOS COSTUMES FLAMBANT NEUFS ?!
VLAM
LÉO, T'AS FINI DE FAIRE L'ANDOUILLE ?! UN JUSTICIER, ÇA DOIT ÊTRE DISCRET.
C'EST PAS DE MA FAUTE !
MOI, JE VAIS ENLEVER MON MASQUE !
T'ES FOU ?!
JE RETROUVAIS PAS LE MIEN, DU COUP, J'AI DÛ PIQUER CELUI DE MON PÈRE POUR LA SIESTE !

DOCTOR STRANGE
FROUTCH
SCRONTCH FROUTCH
GNNN
ÇA Y EST ! IL FAIT NUIT !
AMÈNE-TOI, LÉO !
HEIN ? QUOI ? EUH, J'ARRIVE, J'ARRIVE !!!
FRANCHEMENT, C'EST HYPER TROP DUR À DESSINER UNE CHAUVE-SOURIS !
WAAAH, IL EST TROP BIEN FAIT !
VOUS ME FATIGUEZ, LES GARÇONS...

REC
ÇA Y EST, ÇA FILME !
ALLEZ LUCAS, À TOI !
TIP !
REC
JE SUIS JUSTICE BLEEEEUE !
JE SUIS JUSTICE ROOOOOUGE !
JEAN-PROUT, QU'EST-CE QUE TU FICHES ?
REC
JE SUIS JUSTICE VERT PISTACHE ET AUSSI BLEU SARCELLE SUR LA CAAAPE !
NON MAIS LÉO, QU'EST-CE QUE TU RACONTES ?!
TU DOIS DIRE "JE SUIS JUSTICE VERTE" !
SINON, ÇA FICHE EN L'AIR NOTRE POSE D'ARRIVÉE SUR LES LIEUX DU CRIME !
C'EST DÉBILE CE QUE TU DIS, LOUNA !
TOUT LE MONDE CONNAIT L'EXPRESSION "LA JUSTICE EST TRÈS PRÉCISE".
DONC, EN TANT QUE JUSTICE, JE SUIS TRÈS PRÉCIS. CULTIVEZ-VOUS UN PEU...
REC
L'EXPRESSION C'EST "LA JUSTICE EST AVEUGLE", TU DEVRAIS ÊTRE CONTENT.

UN ROBOT ?
VOUS AVEZ UN ROBOT ?!
MAIS C'EST UN TRUC DE OUF !
SLURP
OUAIS, MES PARENTS N'ARRÊTENT PAS DE ME VANTER SA PUISSANCE...
C'EST UN MÉGA TRUC DE OUF !!!
MILK 3000
NON MAIS ATTENDS, LÉO, C'EST CE QU'IL NOUS FALLAIT DANS L'ÉQUIPE POUR ALLER METTRE DE LA JUSTICE DANS LA TRONCHE DE NOS HARCELEURS !
AH, VOUS CROYEZ ?
MAIS OUI, GRAVE !
FULGUROPOING DANS TA FACE !
CRONCH
ALLEEEZ, LANCE-LE À LEURS TROUSSES !
BON OK, BOUGEZ PAS, JE VAIS CHERCHER LES MUNITIONS...
DES MUNITIONS ?!
MAIS C'EST UN GIGA TRUC DE OUF !
J'AVOUE, JE SUIS DÉÇUE...
MOI AUSSI.
MÊME SI C'EST VRAI QU'IL ASPIRE SUPER BIEN.
VOOPOUUU...
QU'EST-CE QU'IL FOUT LE BINOCLARD AVEC SES MIETTES DE PAIN ?
AHAH ! C'EST PIGEON-MAN !

HIHIHI
SHBAM
VLAM
BOM
POF
BLAM
ZBLAM
SHBOUM
SHPOK
S'ENTRAÎNER AU COMBAT AVEC DES BOMBES À EAU, C'ÉTAIT UNE SUPER IDÉE.
PAR CONTRE, LES STOCKER AU CONGÉLATEUR, BEAUCOUP MOINS...

HÉ, SYMPA LE COSPLAY, LES ENFANTS.
C'EST PAS UN COSPLAY, CE SONT DES VRAIS COSTUMES DE HÉROS.
TMNT
EXCUSEZ-MOI, LES... EUH, LES QUOI AU JUSTE ?
LES JUSTICIERS DE LA JUSTICE !
ÇA CLAQUE COMME NOM ! CONTINUEZ DE BIEN VOUS AMUSER, C'EST COOL !
ON S'AMUSE PAS, ON REND LA JUSTICE !
D'AILLEURS, ON A UN NOM DE GROUPE, MAIS ÇA SUFFIT PAS...
S - BD
GLING
LA BULLE DU CENTRE
AH BON ?
IL NOUS FAUT AUSSI CHACUN UN NOM, SINON COMMENT ON FAIT POUR SE PARLER PENDANT QU'ON DÉGLINGUE LES MÉCHANTS ?
FAISONS COMME LES TORTUES NINJA ! ILS ONT DES NOMS DE PEINTRES OU DE SCULPTEURS : DONATELLO, MICHELANGELO, LEONARDO...
AH BEN, LÉO, VU SES LUNETTES ÉNORMES, C'EST FACILE, ON L'APPELLE "MIRO".
MIRO, C'EST MÊME PAS UN PEINTRE D'ABORD !
SI, C'EST UN PEINTRE.
TOI, ON VA T'APPELER "RAMOLODU CERVEAU" !
OH, CRÉTINO, T'AS PAS FINI DE HURLER DANS MA RUE ?
REGARDE, IL A ACHETÉ DES BD !
ÇA Y EST, LOUNA, J'AI TROUVÉ !
PICASSO !

AAAAAAAAH !
HÉ, VOUS ENTENDEZ ÇA ?
ÇA, C'EST LE CRI D'UNE PERSONNE EN DÉTRESSE !
ET C'EST UNE MISSION POUR NOUS !!!
PAS DE PANIQUE, PETITE, ON EST LÀ !
JUSTICE VERTE, PASSE LE SPRAY DÉSINFECTANT !
VOILÀ, TU PEUX REPARTIR JOUER.
MERCI, VOUS ÊTES TROP GENTILS !
ENCORE UNE MISSION RÉUSSIE POUR...
LES JUSTICIERS DE LA JUSTICE !
MOUAIS...
SAUF QU'ON N'A PAS RENDU LA JUSTICE, VU QU'ELLE S'EST FAIT MAL TOUTE SEULE ET QU'ON N'A PUNI AUCUN MÉCHANT.
ELLE S'EST PRIS LES PIEDS DANS LE GROS CAILLOU.
ON LE TIENT, NOTRE COUPABLE !
IL VA PRENDRE CHER !
YAAAH ! SALE CAILLOU !
CETTE PETITE FILLE DOIT ÊTRE TELLEMENT HEUREUSE DE SE SENTIR EN SÉCURITÉ.
OUI, J'IMAGINE SA TÊTE EN CE MOMENT...
GNNnn

LÉO ? QU'EST-CE QUE TU FICHES EN COSTUME PAR UN TEMPS PAREIL ?
AH ! VOUS ALLEZ ÊTRE CONTENTS DE MOI, JE ME SUIS ENTRAÎNÉ AVEC JEAN-PROUT DANS LE JARDIN TOUTE L'APRÈS-MIDI !
HAYAAA !
BEN, ÇA SE VOIT, T'AS LA MARQUE DE TON MASQUE.
C'EST BALLOT, ÇA FICHE EN L'AIR TON IDENTITÉ SECRÈTE.
OUAIS, TOUT LE MONDE VA CAPTER QUE T'ES UN SUPER-HÉROS, AVEC UN BRONZAGE PAREIL.
ARRRGL ! SALETÉ DE MASQUE ! JE SUIS FOUTU !
IL SUFFIT DE PLUS LE PORTER ET LA PARTIE BLANCHE VA BRONZER.
BEN NON, LUCAS, LE RESTE VA ÊTRE AU SOLEIL AUSSI ET Y AURA TOUJOURS LA MÊME DIFFÉRENCE.
FOUTU DE CHEZ FOUTU ! JE VAIS METTRE MES PROCHES EN DANGER SI LES SUPER-VILAINS ME RECONNAISSENT !
CE QU'IL FAUT, C'EST RÉUSSIR À TE FAIRE BRONZER QUE LÀ OÙ T'ES TOUT BLANC POUR ÉGALISER LE TEINT, ET TA FAMILLE SERA EN SÉCURITÉ...
AH OUI ? ET JE FAIS ÇA COMMENT, HEIN ?
SI, SI, MAMAN, JE T'ASSURE, JE SUIS EN TRAIN DE TE SAUVER LA VIE...

SALUT LES JUSTICIERS DE LA JU...
LUCAS ! QU'EST-CE QUI SE PASSE ?!
KRRRRR...
IL EST VENU ME VOIR EN ME DISANT QU'UN VRAI SUPER-HÉROS, C'ÉTAIT CAPABLE D'ARRÊTER LES BALLES ET QU'IL VOULAIT S'ENTRAÎNER.
QUOI ?! ET TOI TU LUI AS TIRÉ DESSUS ?!
HEIN ?
PAS DU TOUT !
ON N'ALLAIT PAS TOUT DE SUITE COMMENCER À BALLES RÉELLES, FAUT Y ALLER PROGRESSIVEMENT.
DONC JE LUI TIRE DESSUS AVEC DES CACAHUÈTES MAIS CET IDIOT ADORE ÇA...
IL ESSAIE SYSTÉMATIQUEMENT DE LES GOBER...
ARACHIDE
ÇA FAIT TROIS FOIS QU'IL S'ÉTOUFFE DEPUIS TOUT À L'HEURE !
BEN FAUT CHANGER DE PROJECTILES...
PTIOU!
JE SAVAIS PAS, MOI, QU'IL DÉTESTAIT LES PETITS POIS !
PITIÉÉÉ !
POC
PETITS POIS
POC

TIENS, TIENS TIENS...
LES PETITS BOUFFONS NOUS ONT ENCORE ACHETÉ DES BD...
DES COMICS !
LÉO ! À TOI !!!
C'EST PARTI...
EUH, JE PIOCHE UNE CARTE, C'EST ÇA ?
MAIS ?!
LÉO, QUAND JE T'AI SUGGÉRÉ DE TE METTRE À LA MAGIE, JE PENSAIS PLUS À DES BOULES DE FEU OU À DES SORTS DE PROTECTION, COMME DR STRANGE !

TU METS QUOI DANS TON SAC ?
MON COSTUME DE JUSTICIER.
ON SAIT JAMAIS CE QUI PEUT ARRIVER, ON POURRAIT AVOIR UNE SITUATION D'URGENCE À RÉGLER À L'ÉCOLE...
MAIS ÇA VA TE PRENDRE UN TEMPS FOU À ENFILER.
RÉGLER UNE URGENCE, ÇA DOIT SE FAIRE TRÈS RAPIDEMENT.
MINCE, TU AS RAISON.
FAITES COMME MOI, PORTEZ VOS COSTUMES SOUS VOS HABITS.
SUPERMAN FAIT PAREIL.
ET COMME ÇA, EN DEUX SECONDES, ON EST EN TENUE ET ON INTERVIENT MÉGA VITE, HOP ! TROP MALIN !
Y A QUAND MÊME UN PROBLÈME : QUAND ON S'EST DÉBARRASSÉ DE NOS VÊTEMENTS, COMMENT ON REPASSE EN TENUE CIVILE POUR PAS QU'ON DÉCOUVRE NOTRE IDENTITÉ SECRÈTE ?
HEIN ?
BEN OUI, SI ON SE CACHE POUR SE RHABILLER, LES AUTRES VONT CAPTER QU'ON EST LES JUSTICIERS DE LA JUSTICE !
ZUT !
PAS DE PANIQUE J'AI LA SOLUTION.
SOUS LE COSTUME QUI EST SOUS NOS HABITS, ON MET D'AUTRES HABITS...
C'EST BRILLANT !
CHANGEMENTS DE TENUES ULTRA-RAPIDES, MAIS FAUT PAS QUE LE MÉCHANT LE SOIT...
PARCE QUE J'AI TROP DE MAL À AVANCER !

WAHWAH WAH
TU NOUS AS TROP FAIT FLIPPER, WESH !
C'EST QUOI CE MOLOSSE ?!
C'EST DÉCHIKTOS ! MON PITBULL CROISÉ MALINOIS CROISÉ ROTTWEILER CROISÉ PHACOCHÈRE...
GRRRRRR
AVEC LUI, ON DEVIENT LES BOSS DU QUARTIER !
C'EST UNE VRAIE MACHINE !
TOUS SES SENS SONT HYPER AFFÛTÉS: IL PEUT REPÉRER UN ENNEMI À DES KILOMÈTRES...
... ENTENDRE LE BATTEMENT DE TON COEUR ET SAVOIR QUE TU FAIS DANS TON FROC TELLEMENT T'AS PEUR.
ET AVOIR LE GOÛT DU SANG QUAND DES BOLOSS DÉGUISÉS PASSENT À CÔTÉ ET PENSENT QU'ON VA PAS LES VOIR...
GRRRR
J'AI UNE MÉGA IDÉE: ON ORGANISE UN COMBAT DE RUE ENTRE DÉCHIKTOS ET LEUR ÉCUREUIL CHELOU !
OUAIS, HISTOIRE DE MONTRER QUI C'EST LES CHEFS DANS LE COIN !
C'EST UN SUPER PLAN !
EUH... NON, FRANCHEMENT, C'EST UN PLAN TOUT NAZE !
GRRRRR
GO !!!
GRAAARF
PFFFT
SE BALADER AVEC UN PUTOIS, C'EST DES GRANDS MALADES CES GAMINS !
EN TOUT CAS, T'AVAIS RAISON, DÉCHIKTOS A L'ODORAT HYPER AFFÛTÉ.
PLUS JAMAIS ON REMET UN PIED LÀ-BAS !
KRRR

BONJOUR, JE VOUDRAIS CE NUMÉRO SPÉCIAL DE CAP...
DILING DILING
HAAA ! LES "TOUT JUSTICIERS" !
"LES JUSTICIERS DE LA JUSTICE".
JE NE SAIS PAS COMMENT VOUS REMERCIER !
REGARDEZ, LES GENS N'ONT PLUS PEUR DE VENIR DANS MA BOUTIQUE MAINTENANT QUE VOUS AVEZ CHASSÉ LES LOUBARDS QUI ZONAIENT À CÔTÉ !
J'AI JAMAIS EU AUTANT DE CLIENTS !!!
TENEZ, VOUS SAVEZ QUOI, PRENEZ CE NUMÉRO SPÉCIAL DE CAPTAIN MARVEL...
AVEC UNE COUVERTURE ALTERNATIVE !
C'EST MON DERNIER EXEMPLAIRE, IL EST INTROUVABLE !
CADEAU !!!
BEN MERCI, C'EST SYMPA !
À BIENTÔT MES SUPER-HÉROS !
KRRR
ALLEZ, À TON TOUR, QU'EST-CE QUE TU VOULAIS ?
KRRRRR

BON, J'AI PAS EU LE NUMÉRO EXCLUSIF DE CAPTAIN MARVEL, MAIS AU MOINS, J'AI EU DES CARTES MOKÉPON SANS ME LES FAIRE PIQUER À LA SORTIE DU MAGASIN...
SCRITCH
JE L'AI...
JE L'AI...
JE L'AI AUSSI.
QU... QUOI ?!
UN PIKATCHOUM HOLOGRAPHIQUE HYPER RARE !!!
ÇA VAUT DANS LES 5 000 EUROS À LA REVENTE !
JUSTICIERS DE LA JUSTIIIIICE !!!
PRRRRRRRR
ZIP!
NOOON !
REVIENS PIKATCHOUM !
TROP C'EST TROP !
TOUT EST ENCORE DE LA FAUTE DE CES MAUDITS JUSTICIERS !
EH BIEN, PROFITEZ BIEN DE VOTRE GLOIRE ÉPHÉMÈRE...
CAR DÉSORMAIS, VOUS AVEZ UN ENNEMI JURÉ !!!
KOLLEKTOR
LE SUPER COLLECTIONNEUR !
FIN DE L'ÉPISODE.
STI + STIVO

ZZZ
ZAP!
CRASH!
OK!
BOING!
YEAH!
BOO!
BANG!
POW!
NO!
COOL!
POOF!
AARGH!
YES!
HEY!
POW!
BANG!